AF343908

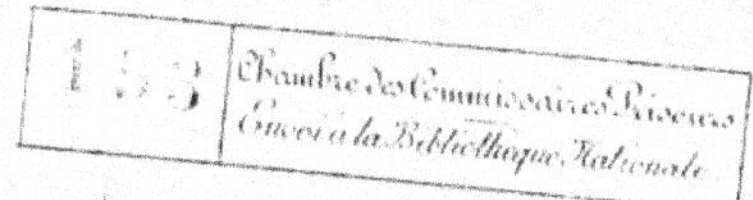

Atelier

Rosa Bonheur

AQUARELLES & DESSINS

Atelier

ROSA BONHEUR

PARIS — IMPRIMERIE GEORGES PETIT

12, RUE GODOT-DE-MAUROI, 12

Atelier

ROSA BONHEUR

RÉSUMÉ DU CATALOGUE

DES

AQUARELLES

DESSINS, GRAVURES

PAR

Rosa Bonheur

ET DES

TABLEAUX, AQUARELLES, BRONZES, GRAVURES

Composant sa Collection particulière

DONT LA VENTE AURA LIEU, PAR SUITE DE SON DÉCÈS

GALERIE GEORGES PETIT

8, rue de Sèze, à Paris

Le Mardi 5, Mercredi 6, Jeudi 7
et Vendredi 8 Juin 1900

À DEUX HEURES

COMMISSAIRE-PRISEUR

Mᵉ PAUL CHEVALLIER, 10, rue Grange-Batelière

EXPERTS

M. GEORGES PETIT | **MM. TEDESCO Frères**
12, rue Godot-de-Mauroi, 12 | 33, avenue de l'Opéra, 33

EXPOSITIONS

PARTICULIÈRE : *Le Dimanche 3 Juin 1900, de 1 h. à 5 h. 1/2*
PUBLIQUE : *Le Lundi 4 Juin 1900, de 10 h. à 5 h. 1/2*

CONDITIONS DE LA VENTE

Elle sera faite au comptant.

Les acquéreurs paieront *cinq pour cent* en sus des prix d'adjudication.

AQUARELLES

FAUVES

893 — Tigre dans les grands monts.
894 — Tigre royal.
895 — Tigre au serpent.
896 — Le vieux monarque.
897 — Tigre.
898 — Lionne couchée.
899 — Lion et lionne.
900 — Deux tigres.

CHEVAUX

901 — Cheval au vert.
902 — Cheval blanc dans un pré.
903 — Cheval à l'attache.
904 — Cheval blanc.
905 — Cheval blanc.
906 — Cheval alezan brûlé.
907 — Le cheval à vendre.
908 — Avant le pansage.
909 — Cheval isabelle.
910 — Cheval isabelle.
911 — Cheval bai cerise.

ANES

912 — Maitre Aliboron.
913 — Ane.
914 — Ane.
915 — Ane.

BŒUFS

916 — Bœuf.

917 — Tête de bœuf.

918 — Taureau rouge.

919 — Étude de bison.

920 — Taureau gris tacheté.

921 — Auroch.

CERFS

922 — Cerf aux aguets.

923 — Cerfs aux écoutes.

924 — Cerf aux aguets.

925 — Cerf dans une clairière.

926 — Chamois dans la montagne.

927 — Cerf couché dans la forêt.

928 — Cerf en forêt.

929 — Cerfs et biches.

930 — Étude de cerfs.

931 — Études de cerfs.

932 — Cerf couché.

933 — Cerf couché.

934 — Cerf couché.

935 — Études de tête de chevreuil.

936 — Études de biche et de cerf.

937 — Mouton broutant.

938 — Études de daim, debout et couché.

939 — Étude de daims.

940 — Cerf couché.

941 — Tête de cerf.

942 — Daims broutant.

943 — Cerf couché.

944 — Daim broutant.

945 — Tête de cerf.

946 — Étude de cerfs couchés et broutant.

947 — Études de cerf couché et debout.

948 — Études de cerfs.

949 — Études de cerf.

950 — Jeune cerf.

951 — Têtes de jeunes chevreuils.

952 — Biche couchée.

953 — Jeune chevreuil.

SANGLIERS & FOUINE

954 — Tête de sanglier.

955 — Tête de sanglier.

956 — Grouin de sanglier.

957 — Fouine guettant une proie.

MOUTONS

958 — Bélier.

959 — Moutons marchant, moutons paissant.

960 — Bélier.

961 — Bélier.

962 — Bélier.

963 — Deux béliers couchés.

964 — Bélier.

965 — Bélier.

966 — Bélier.

967 — Deux têtes de bélier.

968 — Bélier couché.

969 — Étude de béliers.

970 — Deux moutons couchés.

971 — Trois moutons couchés.

972 — Étude de bélier.

973 — Étude de béliers.

CHÈVRES

COMPOSITIONS

PAYSAGES

1003 — Les bruyères, en Provence.

1004 — Les petites roches dans la forêt.

1005 — La cahute aux charbonniers.

1006 — Un tronc de vieux chêne et éclaircie en forêt.

1007 — La forêt en automne.

1008 — Bouquet d'arbres au milieu des bruyères.

1009 — Arbre au bord d'un étang.

1010 — Un coin de bois à la fin d'automne.

1011 — La forêt, en octobre.

1012 — Massif d'oliviers.

1013 — La hutte des charbonniers.

1014 — Un ancêtre de la forêt.

1015 — Buisson fleuri au pied d'un chêne.

1016 — Bruyères et genêts en forêt.

1017 — Rochers au bord de la mer.

1018 — La mare en forêt.

1019 — Roches dans la forêt de Fontainebleau.

1020 — Matinée d'août, en forêt.

1021 — Sentiers au milieu des bruyères.

1022 — Les grands rochers dans la forêt.

1023 — Roches parmi les genêts.

1024 — Figuiers de Barbarie, au bord de la Méditerranée.

1025 — Les bruyères.

1026 — Étude de troncs d'arbres en forêt.

1027 — Le sentier dans les roches (Fontainebleau).

1028 — Palmiers, en Provence.

1029 — Palmiers (Nice).

1030 — Un coin de ferme.

1031 — Le vieux chêne.

1032 — L'automne en forêt.

1033 — La plaine ensoleillée.

1034 — L'étang.

1035 — A l'orée du bois.

1036 — Un coin de forêt.

1037 — Bouquet d'arbres dans la campagne.

1038 — Les genêts (Nice).

1039 — L'arbre abattu.

1040 — Chemin à l'orée d'un bois.

1041 — Bruyères et genêts.

1042 — Étude de forêt au soleil.

1043 — Une pente rocheuse.

1044 — Un massif d'oliviers, en Provence.

1045 — Études d'arbre et de branches.

1046 — Roche dans la clairière.

1047 — Les marécages.

1048 — Étude de forêt à l'automne.

1049 — Un bois de palmiers, en Provence.

1050 — Les rochers fleuris.

1051 — Rochers dominant la mer, en Provence.

1052 — Coup de soleil dans la campagne, en
Provence.

1053 — Étude de branches et de fleurs.

1054 — Étude de buisson en fleurs.

1055 — Coup de soleil dans les branches.

1056 — Végétation provençale.

1057 — Frondaisons d'automne.

1058 — Un coin de bruyères et de genêts
émaillé de fleurs.

1059 — Ciel d'orage.

LAVIS

1087 — Troupeau de bœufs en marche

1088 — Troupeau de bœufs marchant.

1089 — Vieux paysan la canne à la main.

1090 — Études de troncs d'arbres.

1091 — Paysages, rochers.

1092 — Les rochers dans la montagne.

PASTELS & DESSINS

1119 — Le soleil de minuit.

1120 — La forêt.

1121 — Bois au bord d'une rivière.

1122 — Crépuscule sur la montagne.

1123 — La nuit au bord de l'étang.

1124 — Lever de lune sur l'étang.

FAUVES

1125 — Lionne d'Algérie.

1126 — Tigre royal de l'Inde.

1127 — Lion du Dennaar.

1128 — Tigre du Bengale, couché.

1129 — Lionne couchée.

1130 — Lionne.

1131 — Lionne assise.

1132 — Jaguar couché.

1133 — Lion dormant.

1134 — Lionne.

1135 — Tête de lion.

1136 — Lions couchés dans le désert.

1137 — Lion couché.

1138 — Lion couché.

1139 — Tête de lion furieux.

1140 — Lion du Cap de Bonne-Espérance.

1141 — Tête de lion.

1142 — Lionceaux.

1143 — Tête de lion furieux et rugissant.

1144 — Lionne couchée.

1145 — Tigre du Bengale.

1146 — Tête de lion.

1147 — Lion couché.

1148 — Lionne couchée.

1149 — Deux lionceaux.

1150 — Lion et lionne jouant.

1151 — Lion et lionne jouant.

1152 — Lionne couchée.

1153 — Lionne et lionceau.

1154 — Lionne aux aguets.

1155 — Lionne couchée.

1156 — Lionne couchée.

1157 — Croquis de lionnes couchées.

1158 — Lionnes.

1159 — Lion marchant.

1160 — Étude de tigre du Bengale couché.

1161 — Étude de tigre royal couché.

1162 — Deux têtes de lion.

1163 — Tête de lionne.

1164 — Études de têtes de lion.

1165 — Études de têtes de lions et de lionnes.

1166 — Études de lionne, marchant ou couchée.

1167 — Études de lions.

1168 — Tête de lion renversée.

1169 — Lionne couchée.

1170 — Têtes de lion.

1171 — Lion marchant.

1172 — Lionceaux couchés.

1173 — Dialogues entre lionceaux.

1174 — Têtes de lion rugissant.

1175 — Lion couché.

1176 — Lionne promenant ses lionceaux.

1177 — Lion couché.

1178 — Têtes de lions.

1179 — Lionnes marchant.

1180 — Lion couché.

1181 — Lionne assise.

1182 — Têtes de lions.

1183 — Études de tête de lion rugissant.

1184 — Lionne couchée.

1185 — Lion.

1186 — Lion.

1187 — Lion couché.

1188 — Lion couché, lionnes marchant.

1189 — Lion marchant.

1190 — Têtes de lionnes.

1191 — Études de lions couchés.

1192 — Têtes de lionne.

1193 — Croquis et études de lionnes.

1194 — Tête de lion.

1195 — Tête de lionne.

1196 — Trois têtes de lionceaux.

1197 — Lionne couchée.

1198 — Étude de lionne.

1199 — Deux têtes de lionne.

1200 — Lionne couchée.

1201 — Têtes de lionne.

1202 — Études de lionne.

1203 — Lionne couchée.

1204 — Lionne couchée.

1205 — Famille de lions.

1206 — Premières querelles entre lionceaux.

1207 — Lionnes marchant.

1208 — Lionne et lionceaux.

1209 — Lion couché.

1210 — Têtes de lionnes.

1211 — Tête de lion couché.

1212 — Tête de lion.

1213 — Croupe de lion et tête de lionne.

1214 — Tête de tigre royal.

1215 — Tête et col de lionne.

1216 — Têtes de lion.

1217 — Têtes de lionne.

1218 — Tête de lion.

1219 — Lion.

1220 — Têtes de lionnes.

1221 — Lionne couchée.

1222 — Étude de lionceaux.

1223 — Têtes de lion et de lionceaux.

1224 — Études de fauves.

1225 — Jeune lionne.

1226 — Tête de tigre en fureur.

1227 — Lionne couchée.

1228 — Lionnes couchées.

1229 — Têtes de lionne.

1230 — Lions et lionnes couchées.

1231 — Études de lionnes couchés.

1232 — Études de lionnes couchées.

1233 — Étude de lionne couchée.

1234 — Lionne marchant.

1235 — Études de lions couchés.

1236 — Têtes et croupes de lionnes.

1237 — Lionne couchée.

1238 — Études de lionnes et de lions couchés.

1239 — Lions et lionnes debout.

1240 — Têtes de lion et de lionne.

1241 — Lionne couchée.

1242 — Tête de lion.

1243 — Lion.

1244 — Études de lion couché et de lionnes.

1245 — Croquis de lionnes.

1246 — Lion.

1247 — Têtes de lionne de Cochinchine.

1248 — Étude de jeunes lionceaux jouant.

1249 — Lionceaux jouant avec des os.

1250 — Lionne et lionceaux couchés.

1251 — Deux études de tête de lion.

1252 — Tête de lionne.

1253 — Lionne couchée.

1254 — Tête de lion.

1255 — Lion couché.

1256 — Lionne couchée.

1257 — Lionne couchée dormant.

1258 — Lion et lionne dévorant une proie.

1259 — Tête de lionne aux aguets.

1260 — Tête de lionne furieuse.

CHEVAUX

1261 — Cheval blanc.

1262 — Cheval blanc.

1263 — Cheval blanc.

1264 — Cheval.

1265 — Cheval.

1266 — Cheval.

1267 — Étude de cheval à l'attache.

1268 — Tête et encolure de cheval.

1269 — Cheval blanc.

1270 — Cheval de trait.

1271 — Cheval.

1272 — Tête de cheval.

1273 — Cheval.

1274 — Cheval.

1275 — Cheval percheron.

1276 — Cheval blanc.

1277 — Étude de cheval.

1278 — Tête et encolure de cheval.

1279 — Avant-main de cheval blanc.

1280 — Cheval.

1281 — « Wildfire », étalon.

1282 — Quatre études de cheval.

1283 — Cheval.

1284 — Cheval.

1285 — Cheval blanc.

1286 — Tête et encolure de cheval.

1287 — Études de têtes de chevaux.

1288 — Étude de cheval.

1289 et 1289 *bis* — Deux percherons.

1290 — Cheval à l'attache.

1291 — A l'écurie.

1292 — Cheval.

1293 — Cheval.

1294 — Deux percherons.

1295 — Cheval percheron.

1296 — Cheval percheron.

1297 — Cheval.

1298 — Étude d'avant-main de cheval.

1299 — Cheval à l'attache.

1300 — Cheval percheron.

1301 — Cheval.

1302 — Cheval.

1303 — Cheval.

1304 — Cheval.

1305 — Cheval.

1306 — Cheval.

1307 — Tête de cheval.

1308 — Tête et encolure de cheval.

1309 — Têtes de cheval.

1310 — Avant-main de cheval.

1311 — Avant-main de cheval.

1312 — Arrière-main de cheval blanc.

1313 — Études de chevaux marchant.

1314 — Arrière-main de cheval.

1315 — Cheval.

1316 — Cheval.

1317 — Tête et encolure de cheval.

1318 — Cheval.

1319 — Arrière-main de cheval.

1320 — Tête et avant-main de cheval.

1321 — Cheval.

1322 — Cheval.

1323 — Têtes de chevaux et croquis de jambes.

1324 — Chevaux.

1325 — Études de chevaux.

1326 — Croquis de chevaux.

1327 — Deux têtes de cheval à l'attache.

1328 — Trois croupes de cheval.

1329 — Cheval.

1330 — Croupes de cheval.

1331 — Têtes de cheval.

1332 — Têtes et croupes de cheval.

1333 — Têtes de cheval.

1334 — Avant-main de cheval.

1335 — Études de chevaux à l'attache.

1336 — Cheval.

1337 — Anes.

1338 — Têtes de chevaux.

1339 — Étude de têtes et de jambes de cheval.

1340 — Cheval.

1341 — Avant-main de cheval percheron.

1342 — Avant-main de cheval de selle.

1343 — Têtes de cheval.

1344 — Étude de cheval.

1345 — Cheval.

1346 — Études de mulets.

1347 — Études de têtes et d'avant-main de chevaux.

1348 — « Clark », étalon.

1349 — Cheval percheron.

1350 — Tête et cou de cheval.

1351 — Cheval.

1352 — Cheval.

1353 — Cheval.

1354 — Étude de tête de cheval.

1355 — Cheval trotteur.

1356 — Études de mulet.

1357 — Tête et encolure de cheval.

1358 — Têtes et jambes de chevaux.

1359 — Cheval.

1360 — Deux croquis de cheval.

1361 — Avant-main de cheval.

1362 — Cheval percheron.

1363 — Croupes de cheval.

1364 — Cheval.

1365 — Cheval attelé.

1366 — Ane.

1367 — Deux percherons.

1368 — Études de cheval.

1369 — Cheval.

1370 — « Steam. »
1371 — Cheval.
1372 — « Methodist. »
1373 — « Steam. »
1374 — « Cleveland. »
1375 — « The Saddler. »
1376 — « Caligula. »

ANES

1377 — Ane.
1378 — Trois têtes d'âne.
1379 — Deux ânes.
1380 — Ane.
1381 — Études d'ânes.

BŒUFS, TAUREAUX, VACHES

1382 — Vache.
1383 — Vache marchant.
1384 — Bœuf couché.
1385 — Études d'auroch.
1386 — Taureau Durham.
1387 — Bœufs et chèvres couchés.
1388 — Vache.
1389 — Bœuf couché.
1390 — Bœuf marchant.
1391 — Bison.
1392 — Bison.
1393 — Bœuf.
1394 — Bison.
1395 — Bœufs sous le joug.
1396 — Bœuf marchant.
1397 — Bœuf à l'attache.
1398 — Bœuf.
1399 — Taureau.

1400 — Bœuf couché.

1401 — Taureau d'Auvergne.

1402 — Vache Durham.

1403 — Vache Durham d'York.

1404 — Bœuf Durham.

1405 — Vache « Beauty ».

1406 — Taureau anglais.

1407 — Taureau.

1408 — Vache.

1409 — Vache.

1410 — Taureau.

1411 — « Clarinette », vache piémontaise.

1412 — Bœuf Durham.

1413 — Vache blanche charolaise.

1414 — Bœuf.

1415 — Bœuf.

1416 — Vache couchée.

1417 — Jeune veau.

1418 — Étude de tête de bœuf.

1419 — Bœuf, race bretonne.

1420 — Bœuf paissant.

1421 — Études de taureaux.

1422 — « Fanny », vache de Fribourg.

1423 — « Drapeau », vache de Schwitz.

1424 — « Cavagliere. »

1425 — « Mouton », taureau piémontais.

1426 — Taureau couché.

1427 — Bœuf normand.

1428 — Vache.

1429 — Vache.

1430 — Vache.

1431 — Bœuf.

1432 — Bœuf couché.

1433 — Bœuf.

1434 — Vache couchée.

1435 — Bœuf charolais.

1436 — Bœuf couché.

1437 — Bœuf couché, bœuf debout.

1438 — Taureau.

1439 — Vache, chevaux, poulains, etc.

1440 — Études de veaux.

1441 — Études de veaux.

1442 — Jeunes veaux écossais.

1443 — Étude de bœuf paissant.

1444 — Attelages de bœufs.

1445 — Études de bœufs et croquis de poussins.

1446 — Têtes de vaches.

1447 — Taureau.

1448 — Bœuf couché.

1449 — Bœuf couché.

1450 — Têtes de vaches.

1451 — Tête de bœuf et encolure.

1452 — Tête de taureau.

1453 — Bœuf couché.

1454 — Tête de bœuf.

1455 — Bœuf couché.

1456 — Têtes de bœuf.

1457 — Étude de tête de bœuf musqué.

1458 — Tête de bœuf.

1459 — Bœuf.

1460 — Bœufs.

1461 — Bœuf.

1462 — Vache.

1463 — Auroch couché.

1464 — Attelage de bœufs.

1465 — Bœuf.

1466 — Bœuf.

1467 — Taureau marchant.

1468 — Deux têtes de bœuf.

1469 — Deux têtes de bœuf paissant.

1470 — Tête de bœuf.

1471 — Deux têtes de bœuf.

1472 — Bœufs couchés.

1473 — Têtes de bœufs.

1474 — Deux têtes de bœuf.

1475 — Études de bœuf.

1476 — Bœuf paissant.

1477 — Études de bœufs couchés.

1478 — Études de bœufs.

CERFS

1479 — Jeune daim.

1480 — Jeune chevreuil.

1481 — Cerfs couchés.

1482 — Études de cerfs couchés.

1483 — Études de cerfs couchés.

1484 — Daim.

1485 — Chevreuil.

1486 — Biche couchée.

1487 — Daim, en forêt.

1488 — Biches.

1489 — Études de chevreuil couché et mourant.

1490 — Tête et col de daim.

1491 — Avant-corps de daim.

1492 — Isards.

1493 — Cerf couché sur le flanc droit.

1494 — Daim.

1495 — Chevreuil broutant.
1496 — Chevreuil.
1497 — Chevreuil.
1498 — Daim.
1499 — Corps de daim.
1500 — Tête de daim.
1501 — Tête de biche.
1502 — Deux têtes de daim.
1503 — Deux chevreuils.
1504 — Têtes de cerf.
1505 — Études de daim, de bouc, de biche, etc.
1506 — Études de daim et autres.
1507 — Isards, biches et faons.
1508 — Étude de chevreuil couché, agonisant.
1509 — Étude de cerfs couchés et debout.
1510 — Étude de tête de biche renversée.
1511 — Études de cerfs couchés et debout.
1512 — Biche couchée.
1513 — Jeune biche couchée.
1514 — Biche couchée.
1515 — Croquis d'isards.
1516 — Croquis de cerfs et biches couchés.

SANGLIERS

1517 — Porc.
1518 — Sanglier couché.
1519 — Deux sangliers.
1520 — Sanglier fouillant le sol de son grouin.
1521 — Sanglier.
1522 — Sanglier.
1523 — Sanglier.
1524 — Sanglier.

1525 — Sanglier.

1526 — Sanglier.

1527 — Sanglier grouinant dans le sol.

1528 — Sanglier.

1529 — Sanglier.

1530 — Sanglier.

1531 — Deux sangliers, la hure près du sol.

1532 — Sanglier.

1533 — Sanglier.

1534 — Sanglier couché.

1535 — Sangliers couchés.

1536 — Deux sangliers.

1537 — Sanglier.

1538 — Sanglier.

1539 — Le solitaire.

1540 — Sanglier.

1541 — Deux sangliers.

1542 — Sangliers.

1543 — Deux sangliers.

1544 — Sangliers.

1545 — Laie et marcassins.

1546 — Jeune sanglier.

1547 — Sanglier.

1548 — Études de sangliers.

1549 — Croquis de sangliers.

1550 — Études de sangliers.

1551 — Études de sangliers.

1552 — Croquis de sangliers.

1553 — Études de sangliers.

1554 — Études de sangliers.

1555 — Études de marcassins.

1556 — Études de sangliers marchant.

RENARDS & BLAIREAUX

1557 — Études de blaireau.

1558 — Études de renard.

1559 — Études de renard aux aguets.

1560 — Études de renard.

1561 — Études de renards.

1562 — Étude de blaireau blesssé et mourant.

1563 — Étude de blaireau.

CHIENS

1564 — Tête de chien griffon.

1565 — Tête de chien griffon.

1566 — Lévrier écossais.

1567 — Tête de chien.

1568 — Chien assis.

1569 — Étude de chiens flairant une piste.

1570 — Études de chiens assis et couchés.

1571 — Chien.

1572 — Chien couché.

1573 — Études de chiens.

1574 — Études de chien.

1575 — Études de chien.

1576 — Têtes de chien.

1577 — Têtes de chien.

1578 — Études de chiens.

1579 — Chien couché sur le flanc gauche.

1580 — Études de chien.

1581 — Cinq têtes de chiens.

1582 — Études de chiens.

1583 — Chiens couchés.

1584 — « Tape-à-l'œil. »

MOUTONS & BREBIS

1585 — Bélier debout.

1586 — Têtes de béliers.

1587 — Mouton couché et tête de mouton.

1588 — Mouton.

1589 — Mouton broutant.

1590 — Études d'agneaux.

1591 — Mouton.

1592 — Bélier.

1593 — Mouton couché.

1594 — Béliers et agneaux noirs.

1595 — Études de moutons couchés.

1596 — Tête de bélier.

1597 — Études de bœuf, de bélier et de mouton.

1598 — Mouton couché.

1599 — Têtes de mouton.

1600 — Études de moutons debout.

1601 — Études de béliers et de moutons.

1602 — Mouton broutant.

1603 — Études de moutons paissant.

1604 — Têtes de moutons, de béliers et de chèvres.

1605 — Études de moutons.

1606 — Étude de moutons couchés.

1607 — Têtes de mouton.

1608 — Moutons paissant.

1609 — Bélier broutant.

1610 — Brebis.

1611 — Mouton debout.

1612 — Têtes de mouton.

1613 — Chèvre d'Abyssinie.

1614 — Troupeau de moutons couchés.

1615 — Bélier allemand.

1616 — Étude de moutons.

1617 — Moutons paissant.

1618 — Brebis tondue, couchée.

1619 — Études et croquis de moutons et d'a-
gneaux.

1620 — Croquis et études de moutons et d'a-
gneaux.

1621 — Têtes de moutons.

1622 — Étude de mouton et de brebis.

1623 — Mouton dans la bergerie.

1624 — Études de moutons couchés.

1625 — Mouton broutant et croquis.

1626 — Moutons couchés et croquis.

1627 — Études de mouton et de bouc.

1628 — Étude de moutons et d'agneaux.

1629 — Agneaux, chèvres et moutons.

1630 — Moutons, brebis et béliers.

1631 — Moutons couchés.

1632 — Mouton.

CHÈVRES

1633 — Chèvre et chevreaux, couchés.

1634 — Tète de chèvre.

1635 — Études de chèvres couchées.

1636 — Études de boucs.

1637 — Bouc.

1638 — Chèvres et bicquets.

1639 — Chèvre.

1640 — Isards.

1641 — Isard et chèvre couchée.

1642 — Études de boucs.

1643 — Têtes de biche.

1644 — Études de chèvres et de brebis.

1645 — Études Je têtes de chèvre.

COMPOSITIONS

1646 — Un accident.

1647 — Cheval.

1648 — Cheval gris pommelé.

1649 — Cheval.

1650 — Cheval.

1651 — Cheval.

1652 — Cheval.

1653 — Cavalier allant au trot.

1654 — Études de cavaliers.

1655 — Cheval.

1656 — Étude pour le « Marché aux chevaux de Paris ».

1657 — Paysans déchargant un tombereau de fumier.

1658 — Convoi de chevaux.

1659 — Étude pour « le Duel » et trois croquis.

1660 — Chasseurs mexicains poursuivant des bœufs sauvages.

1661 — Le marché aux chevaux de Paris.

1662 — Cerf.

1663 — Postillon.

1664 — Le troupeau de loups affamés, dans la plaine.

1665 — Chariot attelé de six chevaux.

1666 — Têtes de vaches et croquis de chèvres.

1667 — Troupes de chevaux sauvages.

1668 — Attelage de bœufs couchés.

1669 — Le marché aux chevaux de Paris.

1670 — Chevaux attelés à une charrue.

1671 — Le berger et la mer.

1672 — Diligence au galop.

1673 — Avant-main de cheval.

1674 — Tombereau attelé d'un cheval.

1675 — Cheval.

1676 — Un tournant difficile.

1677 — Étude pour « le Marché aux chevaux de Paris ».

1678 — Troupeau de bœufs en marche.

1679 — Quatre chevaux lancés au galop.

1680 — Les tondeurs de moutons.

1681 — Muletier assis sur sa bête.

1682 — Deux bœufs.

1683 — Don Quichotte et Sancho Pança.

1684 — Étude pour « le Duel ».

1685 — Après la chasse.

1686 — Hommes d'armes à cheval.

1687 — Hommes d'armes à cheval et défilant.

1688 — Bélier allemand, couché.

1689 — Indien chassant un troupeau de chevaux sauvages.

1690 — Berger tenant un mouton.

1691 — Cavaliers en selle.

1692 — Haute-école.

1693 — Haute-école.

1694 — Études de jockey à cheval.

1695 — Étude pour « les Bourricaires ».

1696 — Étude pour « les Bourricaires ».

1697 — Étude pour « les Bourricaires ».

1698 — Étude pour « les Bourricaires »

1699 — Cavalier cow-boy.

1700 — Piqueur.

1701 — Étude pour le « Marché au chevaux ».

1702 — Valet d'écurie conduisant ses chevaux à l'abreuvoir.

1703 — Muletiers conduisant le troupeau de leurs bêtes.

1704 — Postillons à cheval.

1705 — Tête de chameau.

1706 — Études de dindons et de poussins.

1707 — Études de canards.

FIGURES

1708 — Vieux paysan assis.

1709 — Tête et torse de paysan.

1710 — Jeune paysanne agenouillée.

1711 — Portrait d'homme (paysan basque).

1712 — Paysanne agenouillée.

1713 — Paysanne debout.

1714 — Berger basque.

1715 — Joueur de flageolet et de cithare.

1716 — Petite gardeuse d'oies.

1717 — Joueur de cornemuse.

1718 — Deux études de râteleuses.

1719 — Râteleuse.

1720 — Berger des Abruzzes.

1721 — Vieux paysan.

1722 — Berger.

1723 — Montagnard italien.

1724 — Études de faucheur et de râteleuses.

1725 — Étude de deux piqueurs.

1726 — Paysanne liant une gerbe.

1727 — Le petit gars basque.

1728 — Le joueur de cornemuse.

CALQUES

FAUVES

CHEVAUX

1754 — Étude de cheval cabré.

1755 — Étude de cheval.

1756 — Étude de cheval.

1757 — Études de cheval.

1758 — Études de cheval.

1759 — Étude de cheval.

1760 — Deux études de cheval trottant.

1761 — Étude de cheval.

1762 — Étude de cheval au trot.

1763 — Étude de cheval cabré.

1764 — Étude de cheval.

1765 — Étude de cheval trottant.

1766 — Étude de cheval.

1767 — Cheval.

1768 — Étude de cheval au trot.

1769 — Étude de cheval.

1770 — Étude de chevaux trottant.

1771 — Étude de chevaux trottant.

1772 — Étude de chevaux trottant.

1773 — Étude de cheval galopant.

1774 — Étude de cheval au galop.

1775 — Quatre groupes de chevaux.

1776 — Un groupe de chevaux.

1777 — Études de chevaux.

1778 — Études de chevaux.

1779 — Études de chevaux.

1780 — Études de chevaux.

1781 — Étude de cheval.

1782 — Deux études de cheval.

1783 — Étude de cheval se cabrant.

1784 — Deux études de cheval.

1785 — Trois études de cheval au trot.

1786 — Deux études de cheval.

1787 — Deux études de cheval.

1788 — Étude de cheval.

1789 — Étude de cheval cabré.

1790 — Étude de cheval.

1791 — Études de cheval et de cavalier.

1792 — Deux études de cheval.

1793 — Étude de cheval trottant, avec cavalier.

1794 — Étude de cheval.

1795 — Deux études de cheval.

1796 — Deux études de cheval sautant.

BŒUFS

1797 — Veau et mouton couchés.

1798 — Vaches et brebis paissant.

1799 — Vache couchée et vache debout.

1800 — Bœufs dételés et au repos.

1801 — Vaches et porc.

1802 — Taureaux luttant à coups de cornes.

1803 — Études de taureaux.

CERFS

1804 — Études de faons.

1805 — Troupeau de biches au repos.

1806 — Cerf et têtes de bélier.

1807 — Cerfs et biches.

1808 — Daims et biches.

1809 — Études de cerfs et de biches.

LOUPS & OURS

1810 — Étude de loup.

1811 — Études de loups.

1812 -- Étude de louve.

1813 — Loup hurlant.

1814 — Étude de loup blessé.

1815 -- Loup blessé expirant.

1816 — Tête de loup.

1817 — Têtes de loups,

1818 — Loup mourant.

1819 — Étude d'ours noir.

1820 — Ours.

CHIENS

1821 — Tête de chien.

MOUTONS

1822 — Béliers luttant.

1823 — Troupeau de moutons à l'étable.

1824 — Moutons et béliers.

CHÈVRES

1825 — Chèvres couchées dans un pâturage.

1826 — Études de boucs couchés et de têtes.

COMPOSITIONS

1827 — Cavalier espagnol.

1828 -- Duel de taureaux.

1829 -- Moutons au pâturage, dans la montagne.

1830 — Étude de cheval au trot.

1831 — Cheval attaqué par un tigre.

1832 — Groupe de chevaux sauvages attaqués
par des lions.

1833 — Postillon conduisant deux chevaux.

1834 — Étude de chevaux galopant.

1835 — Chez les Peaux-Rouges.

Cinquante-trois dessins au crayon, rehaussés
de lavis, de blanc ou d'aquarelle.

LES CARNETS

1836 — Grand album, relié en maroquin noir avec filets dorés : sur le plat, cette inscription :

ALBUM

DE

R. B.

1837 — Album couvert de toile noire gaufrée.

1838 — Album couvert de toile grise.

1839 — Album couvert de papier marbré à fond brun, avec dos et coins de basane verte.

1840 — Album couvert en veau plein, couleur grenat, avec fers spéciaux à froid et dorés ; filets dorés ; tranches dorées ; sur le plat, dans un large cartouche, le prénom : « Rosalie », en caractères gothiques dorés. Reliure de l'époque romantique.

1841 — Album relié de veau plein, avec fers spéciaux, à froid et dorés, filets et dentelle (reliure romantique) ; sur le plat, les initiales R. B., en caractères gothiques dorés ; tranches dorées.

1842 — Carnet couvert de toile grise.

1843 — Album couvert de papier marron gaufré ; dos de toile de même nuance.

1844 — Petit carnet couvert de toile grise.

1845 — Petit carnet couvert de toile marron, souple et gaufrée.

1846 — Petit carnet couvert de papier noir granulé, le dos en basane de même couleur.

1847 — Petit carnet couvert de papier vert gaufré, avec tranches dorées, dos et coins en veau vert foncé, à filets d'or.

1848 — Carnet couvert de papier marbré vert.

1849 — Petit carnet couvert de toile verte gaufrée, avec ce titre en caractère dorés : « Carnet-Album de poche. »

1850 — Carnet couvert de toile grise.

1851 — Carnet recouvert de toile grise.

GRAVURES

PAR

ROSA BONHEUR

1852 — Feuille de croquis : Chevaux, chèvres, béliers (sept têtes).

1853 — Taureaux espagnols.

1854 — Agneaux.

1855 — Bergerie.

1856 — Étude de taureau.

BRONZE

PAR

ROSA BONHEUR

1857 — Le taureau (1843).

ÉTUDES

PAR OU D'APRÈS

ROSA BONHEUR

PEINTURES

1858 — Fauves.
> Un lot de deux tableaux, panneau et toile

1859 — Chevaux.
> Un lot de trente-trois toiles, montées et non montées.

1860 — Bœufs.
> Un lot de trente-trois toiles, montées et non montées.

1861 — Cerfs.
> Un lot de dix-neuf toiles, montées et non montées.

1862 — Chiens.
> Un lot de trente-deux toiles, montées et non montées.

1863 — Chèvres.
> Un lot de cinq toiles, montées.

1864 — Compositions.
> Un lot de cinquante-six toiles, montées et non montées.

1865 — Paysages.
> Un lot de trente et une toiles, montées.

1866 — Paysages.
> Un lot de trente-deux toiles, montées.

1867 — Paysages.
> Un lot de soixante toiles, non montées.

1868 — Paysages.
> Un lot de cinquante toiles, non montées.

1869 — Paysages.
> Un lot de cinquante toiles, non montées.

1870 — Paysages.
Un lot de cinquante toiles, non montées.

1871 — Paysages.
Un lot de trente-trois toiles, non montées.

1872 — Figures.
Un lot de vingt et une toiles, montées et non montées.

1873 — Peintures diverses.
Un lot de quarante-huit toiles, montées et non montées.

AQUARELLES ET LAVIS

1874 — Compositions diverses.
Un lot de cinquante-neuf aquarelles.

PASTELS ET FUSAINS

1875 — Compositions diverses.
Un lot de vingt-quatre pastels et fusains.

DESSINS

1876 — Fauves.
Un lot de cinquante dessins..

1877 — Fauves.
Un lot de cinquante dessins.

1878 — Fauves.
Un lot de trente et un dessins.

1879 — Chevaux.
Un lot de cinquante dessins.

1880 — Chevaux.
Un lot de cinquante dessins.

1881 — Chevaux.
Un lot de quarante-deux dessins.

1882 — Bœufs.
Un lot de cinquante dessins.

1883 — Bœufs.
Un lot de cinquante dessins.

1884 — Bœufs.
    Un lot de vingt-cinq dessins.

1885 — Cerfs.
    Un lot de cinquante et un dessins.

1886 — Sangliers et chiens.
    Un lot de trente-cinc dessins.

1887 — Moutons.
    Un lot de soixante et un dessins.

1888 — Chèvres.
    Un lot de quatorze dessins.

1889 — Compositions.
    Un lot de cinquante dessins.

1890 — Compositions.
    Un lot de cinquante dessins.

1891 — Compositions.
    Un lot de cinquante dessins.

1892 — Compositions.
    Un lot de cinquante dessins.

1893 — Compositions.
    Un lot de cinquante dessins.

1894 — Compositions.
    Un lot de cinquante dessins.

1895 — Compositions.
    Un lot de cinquante dessins.

1896 — Compositions.
    Un lot de cinquante dessins.

1897 — Compositions.
    Un lot de cinquante dessins.

1898 — Compositions.
    Un lot de cinquante dessins.

1899 — Compositions.
    Un lot de vingt-six dessins.

1900 — Paysages.
    Un lot de cinquante dessins.

1901 — Paysages.
    Un lot de trente-huit dessins.

1902 — Figures.
Un lot de cinquante dessins.

1903 — Figures.
Un lot de cinquante dessins.

1904 — Figures.
Un lot de vingt-trois dessins.

1905 — Divers.
Un lot de trente-deux dessins.

CALQUES

1906 — Chevaux.
Un lot de trente calques.

1907 — Fauves, cerfs, moutons, bœufs.
Un lot de vingt-trois calques.

1908 — Compositions.
Un lot de soixante-treize calques.

1909 — Compositions.
Un lot de vingt-cinq calques..

1910 — Compositions.
Un lot de trente-trois calques.

COLLECTION PARTICULIÈRE

TABLEAUX

Berthélemy.

1911 — Rentrée de la barque de pêche, par la brise.

Bonheur (Auguste).

1912 — Abreuvoir.

Bonheur (Raymond).

1913 — Le Juif errant,

Bonheur (Raymond).

1914 — L'Ascète.

Bourges (Léonide).

1915 — Un coupe de bois, à Écouen.

Dreux (A. de).

1916 — Au Rendez-vous.

Dreux (A. de).

1917 — Cheval sellé.

Dreux (A. de).

1918 — Dans la forêt de Pierrefonds.

Dreux (A. de).

1919 — Amazone en costume Louis XV.

Dreux (A. de).

1920 — La Châtelaine à cheval.

Dreux (A. de).

1921 — L'Amazone au cheval cabré.

Dreux (A. de).

1922 — Sonneur de trompe.

Dreux (A. de).

1923 — Gentleman en redingote rouge.

Dreux (A. de).

1924 — Cheval noir sellé.

Dreux (A. de).

1925 — Cheval bai brun.

Dreux (A. de).

1926 — Valet d'écurie promenant un cheval de
selle noir.

Dreux (A. de).

1927 — Chevaux de selle attendant au carrefour.

Dreux (A. de).

1928 — Tête de cheval bai brun.

Dreux A. de.

1929 — Cheval gris pommelé harnaché.

Dreux (A. de).

1930 — Cheval bai, harnaché.

Dreux (A. de).

1931 — Homme d'arme.

Dupré J.

1932 — La Source, dans la forêt.

Géricault.

1933 — Étude de cheval blanc.

Lavieille.

1934 — L'Hiver.

Lavieille (Eug.)

1935 — L'église et le château de Moret.

Lavieille (Eug.)

1936 — Crépuscule à Bretoncelles (Orne).

Lavieille (Eug.)

1937 — Au barrage d'Andresy.

Lavieille (Eug.)

1938 — Le chemin de halage.

Penne (O. de)

1939 — « Débûcher. »

Peyrol (R.)

1940 — Le petit troupeau de moutons.

Peyrol (R.)

1941 — Le ruisseau dans la forêt.

Peyrol-Bonheur (Juliette)

1942 — Une mère.

Peyrol-Bonheur (Juliette)

1943 — Attelages de bœufs.

Peyrol-Bonheur (Juliette)

1944 — Après le duel.

Peyrol-Bonheur (Juliette)

1945 — Le coq.

Pranishnikoff (Ivan)

1946 — Convoi de bœufs sauvages.

Sigristo (Guido)

1947 — Grand'garde.

Troyon

1948 — Bœufs couchés dans un pâturage.

AQUARELLES & DESSINS

Bonheur (Auguste)

1949 — Pâturage dans la montagne.

Charlet

1950 — Soldat nubien sur un cheval blanc.

Dreux (A. de)

1951 — A la chasse.

Jongkind

1952 — Moulins au bord d'un canal, en Hollande.

Raffet

1953 — Les bêcheurs.

Bonheur (Isidore)

1954 — L'étape.

Isabey

1955 — Un coup de vent.

BRONZES

Barye

1956 — Chibiguazou (ocelot) écrasant une panthère.

Barye

1957 — Combat de lions.

Barye

1958 — Lion dévorant une gazelle.

Barye

1959 — Tigre dévorant un crocodile.

Bonheur (Isidore)

1960 — Chien de chasse, la gueule ouverte.

Bonheur (Isidore)

1961 — Bison courant.

Bonheur (Isidore)

1962 — Cheval.

Bonheur (Isidore)

1963 — Taureau.

Bonheur (Isidore)

1964 — Bison lancé au galop.

Bonheur (Isidore)

1965 — Vache combattant.

Bonheur (Isidore

1966 — Bourricaire espagnol.

Bonheur (Isidore)

1967 — Mendiant espagnol sur sa mule.

Bonheur (Isidore)

1968 — Lion assis.

Bonheur (Isidore)

1969 — Cheval de selle.

Cain

1970 — Le crapaud mélomane.

Cain

1971 — Cavalier Louis XV.

Cain

1972 — Le jockey.

Cain

1973 — Une bonne proie.

Gélibert (J.)

1974 — Chiens de chasse.

Gélibert (J.)

1975 — Chien de chasse rapportant un gibier.

Mène (P.-J.)

1976 — « Warwick. »

Mène (P.-J.)

1977 — Brebis couchée.

Mène (P.-J.)

1978 — Chien de chasse en arrêt.

Mène (P.-J.)

1979 — Renard en arrêt.

Peyrol (H.)

1980 — Lionne convoitant un crabe.

Peyrol (H.)

1981 — Le taureau à la tête baissée.

Peyrol (H.)

1982 — Jument allaitant son poulain.

GRAVURES

D'APRÈS

ROSA BONHEUR

1983 — Le Charretier. Burin.

1984 — Moutons couchés. Eau-forte.

1985 — Poneys écossais. Burin et eau-forte.

1986 — Razzia. Eau-forte et burin.

1987 — Le Lion chez lui (The Lion at home).
Burin et eau-forte.

1988 — On Guard. Burin et eau-forte.

1989 — Midday in the Highlands. Burin et eau-forte.

1990 — After a Storm in the Highlands. Burin et eau-forte.

1991 — Chien au balcon. Eau-forte et burin.

1992 — Tête de taureau. Burin et eau-forte.

1993 — Troupeau de bœufs au bord d'un gué. Eau-forte.

1994 — Tête de lion. Eau-forte.

1995 — Tête de chien. Burin et eau-forte.

1996 — Le Matin dans les Highlands ; Morning in the Highlands. Burin et eau-forte.

1997 — Habitants des Highlands ; Denizens of the Highlands. Burin et eau-forte.

1998 — Berger écossais ; Highland Shepherd. Burin et eau-forte.

1999 — Brocard, Chevrette et leur petit. Pointe sèche.

2000 — Pâturage en Écosse. Burin et eau-forte.

2001 — Les Détroits de Ballachulish (The Straits of Ballachulish). Burin et eau-forte.

2002 — Cerfs traversant un espace découvert, forêt de Fontainebleau (Family of deer crossing the summit of the Long Rocks). Burin et eau-forte.

2003 — Scotch castle at rest, Glencoe. Eau-forte et burin.

2004 — A Scottish Raid. Burin et eau-forte.

2005 — Le Troupeau. Eau-forte.

2006 — Tête de cheval noir. Burin et eau-forte.

2007 — Le vaillant Coursier (Tête de cheval arabe) ; A noble Charger. Burin et eau-forte.

2008 — Le Lion de Nubie ; Le Vieux Monarque (An Old Monarch). Burin et eau-forte.

2009 — Le vieil Invalide (Tête de mulet); An Old Pensioner. Burin et eau-forte.

2010 — Chien de chasse. Burin et eau-forte.

2011 — A Foraging party. Eau-forte.

2012 — L'Humble Serviteur (Tête d'âne); An Humble Servant. Burin et eau-forte.

2013 — Cerf guettant (On the Alert). Eau-forte.

2014 — Borriqueros (Borriqueros crossing the Pyrenees). Burin et eau-forte.

2015 — Paysans landais allant au marché (Landais peasants going to market). Burin et eau-forte.

2016 — Le Cerf. Eau-forte.

2017 — Biche et faon en forêt. Eau-forte.

2018 — Famille de lions. Burin et eau-forte.

2019 -- Marché aux chevaux de Paris (The Horse Market). Burin.

2020 — Le Marché aux chevaux (The Horse Fair). Burin et eau-forte.

2021 — Bœufs écossais dans la montagne. Burin
et eau-forte.

2022 — Chefs écossais (Scottish Chiefs). Burin
et eau-forte.

2023 — Troupeau traversant une clairière (forêt
de Fontainbleau). Burin et eau-forte.

2024 — Changement de pâturage; Changing
pastures. Burin.

2025 — Changement de pâturage (Changing
pastures). Burin et eau-forte.

2026 — Le Duel. Burin et eau-forte.

2027 — Chasse au bison. Eau-forte.

LITHOGRAPHIES

D'APRÈS

ROSA BONHEUR

GRAVURES

ET

LITHOGRAPHIES

PAR ET D'APRÈS

DIFFÉRENTS ARTISTES

Auguste-Thomas-Marie Blanchard.

2045 — Derby Day (Courses d'Epsom). Burin et eau-forte.

Auguste-Thomas-Marie Blanchard.

2046 — La Fête des Vendanges, à Rome.

Auguste-Thomas-Marie Blanchard.

2047 — La Peinture. Burin et eau-forte.

Auguste-Thomas-Marie Blanchard.

2048 — La Sculpture. Burin et eau-forte.

Auguste-Thomas-Marie Blanchard.

2049 — Les Saisons : le Printemps ; l'Été ; l'Automne ; l'Hiver. Burin et eau-forte.

Auguste-Thomas-Marie Blanchard.

2050 — Sous Constantin. Burin et eau-forte.

Auguste-Thomas-Marie Blanchard.

2051 — La Bacchante. Burin et eau-forte.

Auguste-Thomas-Marie Blanchard.

2052 — La Danseuse. Burin et eau-forte.

Auguste-Thomas-Marie Blanchard.

2053 — Le Baiser d'adieu. Burin et eau-forte.

Auguste-Thomas-Marie Blanchard.

2054 — Le Laurier en fleur. Burin et eau-forte.

Auguste-Thomas-Marie Blanchard.

2055 — L'Amateur. Burin et eau-forte.

Auguste-Thomas-Marie Blanchard.

2056 — La Partie d'échecs. Burin et eau-forte.

François Bonhommé dit Le Forgeron.

2057 — 15 Mai 1848 (Envahissement de l'Assem-
blée). Lithographie.

Boulard Fils.

2058 — Le Voyageur.

Boulard Fils.

2059 — Dragon fumant. Eau-forte.

Colman;

2060 — Cinquante - quatre pièces sur chine
monté, avant toute lettre.

Dobre.

2061 — Jeune mère. Eau-forte.

Girardet.

2062 — Les Hauteurs de Suresnes. Burin.

Ch. Haghe.

2063 — Tête de cerf. Lithographie.

Innett.

2064 — L'Accident de Chasse. Burin.

Achille Jacquet.

2065 — Avant la Bataille. Eau-forte.

Achille Jacquet.

2066 — Le Renseignement. Eau-forte.

Jules Jacquet.

2067 — 1806. Burin et eau-forte.

Jules Jacquet.

2068 — 1807. Burin et eau-forte.

Thomas Landseer.

2069 — Le Combat et Après le Combat. Burin.

Lassalle.

2070 — Médée. Lithographie.

Ch. Lewis.

2071 — Un Drame. Burin et eau-forte.

Ch. Lewis.

2072 — Attentif. Burin.

Ch. Lewis.

2073 — The Lover Hack. Burin.

Ch. Lewis.

2074 — The Random Shot. Burin.

Leopold Lœwenstein.

2075 — Paysage. Eau-forte.

Leopold Lœwenstein.

2076 — La Lecture. Eau-forte.

Leopold Lœwenstein.

2077 — Philosophie. Burin et eau-forte.

Leopold Lœwenstein.

2078 — Les Joyeux Compères. Eau-forte.

Leopold Lœwenstein.

2079 — Idylle pompéienne. Burin et eau-forte.

Leopold Lœwenstein.

2080 — Tristesse d'aimer. Burin et eau-forte.

Leopold Lœwenstein.

2081 — Réveil parfumé. Burin et eau-forte.

Leopold Lœwenstein.

2082 — Lecture. Burin et eau-forte.

Joseph P. Pratt.

2083 — Le Brodequin fourré. Burin et eau-forte.

Joseph P. Pratt.

2084 — Combat de Cygnes et d'Aigles. Burin.

Joseph P. Pratt.

2085 — Le Chien au Lapin. Burin.

Joseph P. Pratt.

2086 — Cerf et Biche. Burin.

Joseph P. Pratt.

2087 — Portrait de Mlle Rosa Bonheur. Burin et
pointe sèche.

Rajon.

2088 — Au Bain. Eau-forte.

Léon Richeton.

2089 — L'attente. Eau-forte.

Ryall.

2090 — Waiting for the deer to rise. Burin.

H. S. Ryall.

2091 — La Haite. Burin.

W. H. Simmons.

2092 — La Leçon de pêche. Burin.

W. H. Simmons.

2093 — La Rose effeuillée. Burin.

W. H. Simmons.

2094 — Tête de chien. Burin.

W. H. Simmons.

2095 — La Mère de famille. Burin.

W. H. Simmons.

2096 — Burin.

W. H. Simmons.

2097 — Les trois Amis. Burin.

Smillie.

2098 — Campement indien. Burin.

Smillie.

2099 — Du haut du balcon. Burin et eau-forte.

V. L. Zwillier.

2100 — La Consultation. Eau-forte.

2101 — Sous ce numéro seront vendues 64 pièces de Karel Du Jardin, Paul Potter, Van de Welde, Berghem.

2102 — Un lot de gravures non cataloguées.

RED. :

19

graphicom

www.ingramcontent.com/pod-product-compliance
Lightning Source LLC
LaVergne TN
LVHW021748060726
842528LV00003B/855